Geronimo Stilton

星际太空鼠

亲爱的新船员，
欢迎加入太空鼠的大家庭！

这是一个在无尽宇宙中穿梭冒险的科幻故事！

亲爱的新船员：

我告诉过你们我是一个科幻小说的狂热爱好者吗？

我一直想写一些发生在另一个宇宙的冒险故事……

可是，所谓的**平行宇宙**真的存在吗？

就这个问题，我咨询了老鼠岛上最著名的伏特教授，你们知道他是怎么回答我的吗？

他说，根据一些科学家的研究发现，我们所处的宇宙并非唯一，世上还存在着许多不同的宇宙空间，其中有些甚至跟我们的宇宙很相似呢！在这些神秘的宇宙空间，或许会发生许多超出我们想象的事情。

啊，这个发现真让鼠兴奋！这也启发了我，我多希望能够写一些关于我和我的家鼠在宇宙中探索新世界的科幻故事啊！而且，我想到一个非常炫酷的名字——《星际太空鼠》！

在银河中遨游的我们，一定会让其他鼠肃然起敬！

伏特教授

船员档案

杰罗尼摩·斯蒂顿
（杰尼）

赖皮·斯蒂顿
（小赖）

菲·斯蒂顿

机械人提克斯

本杰明·斯蒂顿和
潘朵拉

马克斯·坦克鼠爷爷

银河之最号

太空鼠的宇宙飞船，太空鼠的家，同时也是太空鼠的避风港！

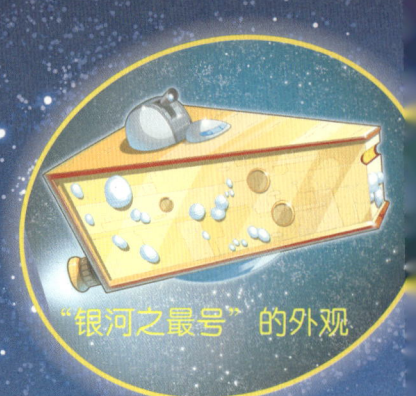

"银河之最号"的外观

1. 控制室
2. 巨型望远镜
3. 温室花园，里面种着各种植物
4. 图书馆和阅读室
5. 月光动感游乐场
6. 咔嗞大厨的餐厅和酒吧
7. 餐厅厨房
8. 喷气电梯，穿梭于宇宙飞船内各个楼层的移动平台
9. 计算机室
10. 太空舱装备室
11. 太空剧院
12. 星际晶石动力引擎
13. 网球场和游泳池
14. 多功能健身室
15. 探索小艇
16. 储存舱
17. 自然环境生态园

神秘外星生物大集合

这次，轮到我上场了！

"银河之最号"船员守则

1. 保持勇气!
2. 信任和团结你的太空鼠伙伴!
3. 聆听坦克鼠爷爷等老太空鼠的忠告!
4. 保护好本杰明这帮小太空鼠!
5. 珍爱并保护一切外星生命!
6. 智慧永远比暴力管用!
7. 时刻保持镇定和冷静!

图书在版编目（CIP）数据

穿越黑洞之旅 /（意）杰罗尼摩·斯蒂顿著；顾志翱译. -- 成都：四川少年儿童出版社，2020.5（2021.7重印）

（星际太空鼠）

ISBN 978-7-5365-9250-6

Ⅰ. ①穿… Ⅱ. ①杰… ②顾… Ⅲ. ①儿童小说－中篇小说－意大利－现代 Ⅳ. ①I546.84

中国版本图书馆CIP数据核字(2020)第058425号
四川省版权局著作权合同登记号：图进字21-2019-076

出版人：	常　青
总策划：	高海潮
著　者：	[意]杰罗尼摩·斯蒂顿
译　者：	顾志翱
责任编辑：	何明静
封面设计：	汪丽华
美术编辑：	汪丽华
责任印制：	王　春　袁学团

CHUANYUE HEIDONG ZHI LÜ

书　名：	穿越黑洞之旅
出　版：	四川少年儿童出版社
地　址：	成都市槐树街2号
网　址：	http://www.sccph.com.cn
网　店：	http://scsnetcbs.tmall.com
经　销：	新华书店
印　刷：	天津联城印刷有限公司
成品尺寸：	195mm×145mm
开　本：	32
印　张：	4.25
字　数：	85千
版　次：	2020年6月第1版
印　次：	2021年7月第5次印刷
书　号：	ISBN 978-7-5365-9250-6
定　价：	25.00元

Geronimo Stilton names, characters and related indicia are copyright, trademark and exclusive license of Atlantyca S.p.A. All Rights Reserved. The moral right of the author has been asserted.

Original Title: Due capitani allo specchio

Text by Geronimo Stilton

Original cover by Giuseppe Facciotto and Flavio Ferron, adopted by Sichuan Children's Publishing House Co., Ltd

Art Director: Iacopo Bruno

Graphic Project: Giovanna Ferraris / theWorldofDOT

Illustrations by Giuseppe Facciotto, Carolina Livio, Serena Gianoli and Antonio Campo

Artistic Coordination: Flavio Ferron Artistic Assistance: Tommaso Valsecchi

Graphics: Marta Lorini

© 2017 by Edizioni Piemme S.p.A.

© 2018 Mondadori Libri S.p.A. for PIEMME, Italia

© 2020 for this work in Simplified Chinese language, Sichuan Children's Publishing House Co., Ltd

International Rights ©Atlantyca S.p.A., via Leopardi 8-20123 Milano-Italia-foreignrights@atlantyca.it-www.atlantyca.com

Based on an original idea By Elisabetta Dami

www.geronimostilton.com

Stilton is the name of a famous English cheese. It is a registered trademark of the Stilton Cheese Makers' Association. For more information go to www.stiltoncheese.com

No part of this book may be stored, reproduced or transmitted in any form or by any means, electronic or mechanical, including photocopying, recording, or by any information storage and retrieval system, without written permission from the copyright holder. For information address Atlantyca S.p.A.

若发现印装质量问题，请及时与发行部联系调换。

地　址：成都市槐树街2号四川出版大厦六层四川少年儿童出版社发行部

邮　编：610031　　咨询电话：028-86259237　86259232

Geronimo Stilton

星际太空鼠

穿越黑洞之旅

[意] 杰罗尼摩·斯蒂顿 ○ 著
顾志翱 ○ 译

四川少年儿童出版社

目录

哔！哔哔！哔哔哔！	14
我的生锈螺丝钉呀！	20
嗯，我什么都看不见	25
这才是真正应有的精神和态度！	32
完蛋了，死定了，要成为灰烬了！	37
注意黑洞！	45
奇怪，真是奇怪！	51
星际冲浪运动员？！	57

像两颗双子星那样一模一样	63
我的太空行星呀,这真是太混乱了!	70
黑洞之谜	77
西格玛447号行星	83
多么坚强!多么灵活!多么勇敢!	92
一个好消息和一个坏消息	97
祝你好运,船长先生!	105
千钧一发	114
小杰尼?	122

如果我们能够穿越时空……

如果在银河的最深处有这样一艘宇宙飞船，上面住的全部都是太空鼠……

如果这艘宇宙飞船的船长是一个富有冒险精神又有些憨憨的太空鼠……

那么，他的名字一定叫作杰罗尼摩·斯蒂顿！

我们现在要讲述的就是他的冒险故事……

你们准备好了吗？

快来跟着杰罗尼摩一起去星际旅行，穿梭神秘浩瀚的宇宙吧！

哔！哔哔！哔哔哔！

事情发生在**"银河之最号"**上一个安静的星期一下午。

新的一周才刚开始，我已经迫不及待地希望离开控制室，回到自己的房间了。**为什么？**很简单，因为今天早上的工作让我很烦躁，十分烦躁，非常烦躁！

一大早我就帮助了一只**外星蜗牛**穿过交通繁忙的星际高速公路，然后我们的飞船又遇上了**陨石雨**，最后我还测试了最新的**超级多功能**船长椅……总之，我已经忙坏了，崩溃了，不行了！

1. 今天，我帮助了一只外星蜗牛穿过交通繁忙的星际高速公路；

2. 负责指挥"银河之最号"避开了陨石雨；

3. 测试了最新的超级多功能船长椅！

哔！哔哔！哔哔哔！

啊，对不起各位新船员，我还没有做自我介绍：我叫斯蒂顿，*杰罗尼摩·斯蒂顿*，大家都叫我杰尼。我是整个星系里最酷的宇宙飞船——"银河之最号"的船长（尽管我的梦想是成为一位**作家**）。

回到那个星期一的下午，我想要**睡个午觉**，好好休息一下，但是正当我准备躺到床上时……

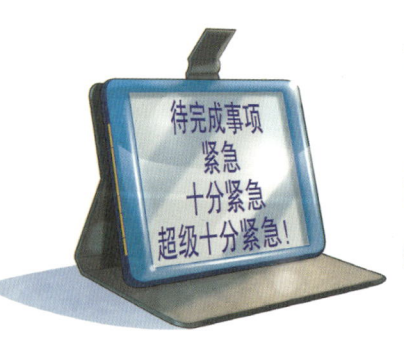

哔！哔哔！哔哔哔！

到底是什么声音那么让鼠讨厌？

我看了一眼面前的**数码记事本**，它正在提醒我需要做的事情。

我按停了闹铃，想要再睡

一小会儿（只有休息好了才能更有精神地面对我的工作），但是……

哔！哔哔！哔哔哔！

我的星际奶酪呀，是飞船上的计算机给我发来了一条**最新的星际新闻**。

当然，作为一名船长需要时刻了解这个宇宙中正在发生的事情，但是现在我只想睡上几个**星际分钟**啊！

我关上了平板电脑的屏幕，然后再次躺了下去，但是……

哔！哔哔！哔哔哔！

我如同被**星际蜜蜂**蜇到一样，一下子从床上弹了起来，这才发现原来只是我的腕式电话响了。

我的生锈螺丝钉呀!

我如同火箭一般冲了出去,并且以像光一样的速度穿过了走廊。

当我到达通往飞船其他楼层的**喷气电梯**时,我在**控制面板**前按下按钮,不过显示屏上却跳出了一行字:"抽气泵维修中,暂停使用!"

为什么,为什么,为什么?为什么所有不幸的事情都降临在我的头上?!

这时,我感觉身后有谁拉了拉我的尾巴:是

我的生锈螺丝钉呀!

飞船上的多功能**机械人提克斯**。他是什么时候跑到我身后来的?

"船长先生,我得告诉你……"

"等等,提克斯,你没看到我现在很忙吗?"我回答说。

我很快跑进了太空的士停车场,一般来说我是绝对不会乘坐**太空的士**的。因为……

车速太快的话,我会晕车!

但是,今天情况紧急,我可不能让坦克鼠爷爷干等着。于是我对着机械人驾驶员呼喊道:

"请载我去太空观测台,快点!事情紧急,非常紧急,超级紧急!"

然而,驾驶员指了指车顶上闪烁着的 牌子,说:"电机维护,暂停使用。"

为什么,为什么,为什么?
为什么所有不幸的事情都降临在我的头上?!

这时,提克斯再次说道:"船长先生……"

"提克斯,现在可不是闲聊的时候!我遇到大麻烦了:我得赶紧去太空观测台!你知道该怎么走吗?"

我的生锈螺丝钉呀!

提克斯有些**不耐烦**地回答说:"我的生锈螺丝钉呀,我当然知道怎么走!要知道我每秒钟可以处理971**个查询信息!**"

"提克斯,不好意思,我并没有要冒犯你的意思,"我安慰他说,"现在,请你告诉我应该怎么*前往*'银河之最号'的……"

我的话音未落,提克斯就用他的**机械臂**抓住了我的尾巴,并将我拖走了。

"我的记忆系统里同步了你所有电子产品中的日程表,而且……"

"什么,什么,什么?" 我着急地大叫起来。

机械人提克斯继续说道:"而且……今天所有的交通工具都在维护,唯一还能够使用的只有**物理能量**了。"

我问道:"**物理能量?** 是什么意思?你可以说得更具体些吗?"

他突然松开了机械臂,然后……

砰!嘭!

我一下子摔倒在了一段又长又陡的楼梯前!

"船长先生,其实很简单,你得走**楼梯**上去!"他解释道。

我的宇宙奶酪呀,真是倒霉的一天!

哦,不会吧!

请走楼梯

嗯，我什么都看不见

当我终于到达楼梯顶端的时候，已经**腰酸背痛、头晕目眩，累得半死了！**

我疲惫地问道："到底是谁……**呼哧呼哧**……下令维护所有交通工具的？**呼哧呼哧**……"

坦克鼠爷爷的声音突然出现在了我的耳边："是我下的命令！要是放任你不管的话，'银河之最号'早晚会变成**一堆宇宙废铁**！"

我反驳道："可是，爷爷，我也会**检查**各个机械部件啊，每隔……"

"**每隔一百万星际年吧！**"坦克鼠爷爷

这边!

发生什么事了?

星际百科全书

太空观测台

太空观测台位于"银河之最号"的顶部，有一个**透明的拱顶**以便观察太空。观测台里设有一台巨型太空望远镜，太空鼠们就是通过它看到了星系中十分遥远的行星——雷默星。同时，观测台里的**全息投影仪**能够让太空鼠们身临其境地远距离参加宇宙中的各大活动，以及进行太空探索。

嗯，我什么都看不见

打断我说，"现在别再抱怨了，跟我来！有一个谜题需要找到答案。"

我的星际尘埃呀，一个谜题？我没有听错吧？谁知道到底是关于什么的呢？

我望向飞船上的科学家——费鲁教授，问道："发生什么事了？难道是'银河之最号'上有外星生物入侵？还是飞船上的冥王星奶酪已经吃完了？又或者是小赖*突然没有了胃口？"

"比这些情况都要严重得多，船长先生！我们之前发射去毗鼠星的雷提格35号探测卫星突然神秘失踪了！"

我的宇宙小行星呀！

那颗雷提格35号探测卫星正是我们太空鼠为了探索宇宙发射出去的！

* 小赖：赖皮的昵称。

星际百科全书

雷提格35号探测卫星

最新型号的太空探测卫星,主要用来探测天鼠座中的毗鼠星。卫星采用非常**环保**的星际推进器,并且使用十分精密的**智能大脑**来收集数据。

费鲁教授继续说道:"而且事情还没完,还有一件十分奇怪的事情,你过来看一下。"

为了在爷爷面前表现出我是一个**真正的船长**,我自信地坐到巨大的天文望远镜前,然后随便按了几个按钮!

但是,我马上就后悔了!

我的椅子突然向上猛地**弹起来**,我的脑袋险些撞到天花板上。

座椅向上弹起，

座椅向下坠落，

座椅带着我开始在原地打转！

咻咻——

接着，它又如同一块**陨石**一样突然坠落到地面。

嘭！

最后，椅子在原地快速地打转。

嗖嗖嗖嗖！

我的土星光环呀，它怎么会如同一匹**罗德星**战马一样发起疯来！

爷爷生气地呵斥道："笨蛋孙子，你以为这里是**太空**

嗯，我什么都看不见

游乐园吗？快点下来！"

幸好，费鲁教授很快帮我解决了问题。他按下了一个按钮，然后将天文望远镜重新放回原位对准了**毗鼠星**。

我朝里面看了一眼，但是好像**什么都看不到！**没有一颗行星！没有一颗小行星！连一颗彗星都看不见！只有一团黑黑的东西。

我揉了揉眼睛，说："说实话，嗯……**我什么都看不见！**"

费鲁教授高呼起来："没错！不仅是探测卫星，连毗鼠星也消失了，消失不见了！"

我的宇宙尘埃呀，看来爷爷说得没错：这可真是一个**超级宇宙大谜题**啊！

这才是真正应有的精神和态度!

这时,坦克鼠爷爷清了清嗓子说道:"加油,小孙子,你身为船长,要好好领导大家,别再像一个猎户座吞拿鱼一样在那里发呆了!"

我**心中一惊**!哦,不好!我有预感,好像有什么不好的事情将要发生。

果不其然,爷爷下令说:"我们此时面对的是一个超级宇宙大谜题……**你**得想办法解决它!我们立刻出发,不,应该比立刻更快出发。不对,我们其实已经出发了!"

**我的维嘉星奶酪呀,
我的午休怎么办?**
我真的是非常困啊!

这才是真正应有的精神和态度！

于是，我提议说："嗯，我们是不是应该先用**雷达**检查一下附近有哪些星系？也许是探测卫星**弄错了**目的地……"

它安装了最新的坐标检测系统！

费鲁教授摇了摇头，说："这是不可能的，船长先生！**雷提格35号探测卫星**上安装了最新的坐标检测系统和动态比较科技装置，并且……"

呃？什么，什么，什么？我一点也听不懂！

"费鲁教授的意思就是坐标一定是正确的。"这时，一个声音在我的身后响起。

我回过头来，见到了我的妹妹**菲**。

33

这才是真正应有的精神和态度！

和她一起来的，还有我的表弟**小赖**！

我的表弟问道："这颗探测卫星只负责收集情报吗？它还会收集外星美食吗？比如：**奶酪苔藓**、**野生淡奶酪**、**星际蘑菇**……我正好有点肚子饿了。"

菲责备他说："小赖，你觉得现在是时候去想这些吃的东西吗？我们有一个**紧急任务**需要执行！"

坦克鼠爷爷微笑着说："菲，我真为你感到骄傲！而你，小孙子，别给我丢脸！记

吧唧！

这才是真正应有的精神和态度！

住：**真正的船长**永远都是第一个出发去执行任务的！"

说完，他在我的背上拍了一下，想要鼓励我。不巧的却是，我因此失去了平衡，结果像一团天王星奶酪一样**瘫倒**在地上。

嘭！

我实在是太困了，差点儿就这样在地上睡着。但是小赖走过来对我说："表哥，你看起来比一只**大懒蜗牛**更软呀！我要报名参加这个调查行动，我敢打赌这次一定能遇到什么好吃的……嗯……将会有新奇的发现！"

"你这个**懒惰鬼**，听到了吗？这才是真正应有的精神和态度！"坦克鼠爷爷满意地看着我

这才是真正应有的精神和态度！

的表弟说。

我的宇宙星系呀！

一旦爷爷打定了主意的话，真是**没有任何东西**能够让他改变想法呢！

于是，我只能站起来说："是的，爷爷，我也**自愿**（唉……）报名！"

菲高呼说："太好了！现在我们不能再浪费时间了。赶紧去探索小艇那里吧，**毗鼠星**正等着我们呢！"

完蛋了，死定了，要成为灰烬了！

当我们所有鼠都坐上了探索小艇之后，菲宣布说："坐标输入完成，准备进行超时空穿越！"

我的宇宙奶酪呀！**超时空穿越**是指让飞行器瞬间提高速度达到超光速的水平，这会让我的胃感到十分难受！**我完全无法适应超光速的太空航行！**

于是，我问道："请问，为什么我们不使用慢速巡航呢？这样我们可以一起欣赏风景，还能够好好睡上一觉……"

小赖嘲笑道："怎么了，表哥？别告诉我，

完蛋了，死定了，要成为灰烬了！

你是**害怕**了呀！"

我不愿认输，清了清嗓子说："我……怎么会呢！"

于是，他继续说道："我就说嘛，哪怕我们会遇到**火焰**陨石雨、太空蜂群或者电磁风暴这些麻烦，你也绝对不会退缩的。你实在是太勇敢了，真不愧是我们的船长！"

什么？

火焰陨石雨？ **太空蜂群？**
电磁风暴？

我的天王星星云呀！说实话，我已经害怕到**胡子发抖**了！

经过一段漫长的等待之后，菲宣布说："停止超光速航行，回到正常的星际巡航速度。"

呼！总算恢复正常的航行速度了！

这……这是什么？

这时，小赖对我说："表哥，你看这里！你不觉得有些**奇怪**吗？"

我左看右看，右看左看，再上看下看……但是却什么都看不见！

那颗**闪闪发光**的毗鼠星究竟到哪里去了啊？

我们的周围**一片漆黑**……

漆黑得如同掉进了一个巨大的、深不见底的陨石坑！

漆黑得如同身处一只宇宙大怪兽的肚子里！

漆黑得如同是在一个会吸收一切物质的**黑洞**中！

"嗯……该不会是在星星原来的位置出现了一个**黑洞**吧？"我开玩笑地说。

坦克鼠爷爷有些怀疑地问："你在嘀咕些什

么，小孙子？"

我用爪子指着外面说道："在那个方向没有恒星，没有**色彩斑斓的行星**，也没有星云，看上去……"

"这里看上去好像有什么东西吸收了**所有的光线**。"小赖补充道。

坦克鼠爷爷满脸严肃地说："小孙子，如果你说的话都是对的（这很少发生），我们得赶紧离开，不然的话……"

"不然的话，会怎样？" 我不安地问道。

菲回答说："黑洞会用它那令人难以想象的强大电磁引力将我们吸进去！"

我不禁失声惊呼："那我们还在等什么？**赶紧跑啊！**"

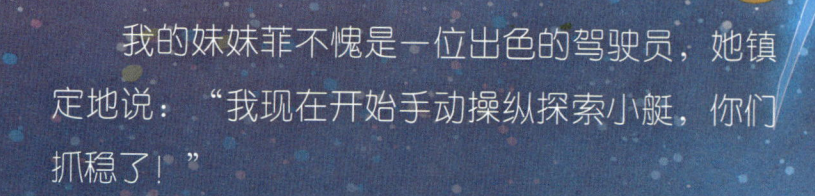

我的妹妹菲不愧是一位出色的驾驶员,她镇定地说:"我现在开始手动操纵探索小艇,你们抓稳了!"

她立刻让探索小艇来了一个**急转弯**,掉头向着反方向准备离开……但是探索小艇并没有加速,而是渐渐慢了下来。

救命啊!

我们快被吸进去了!

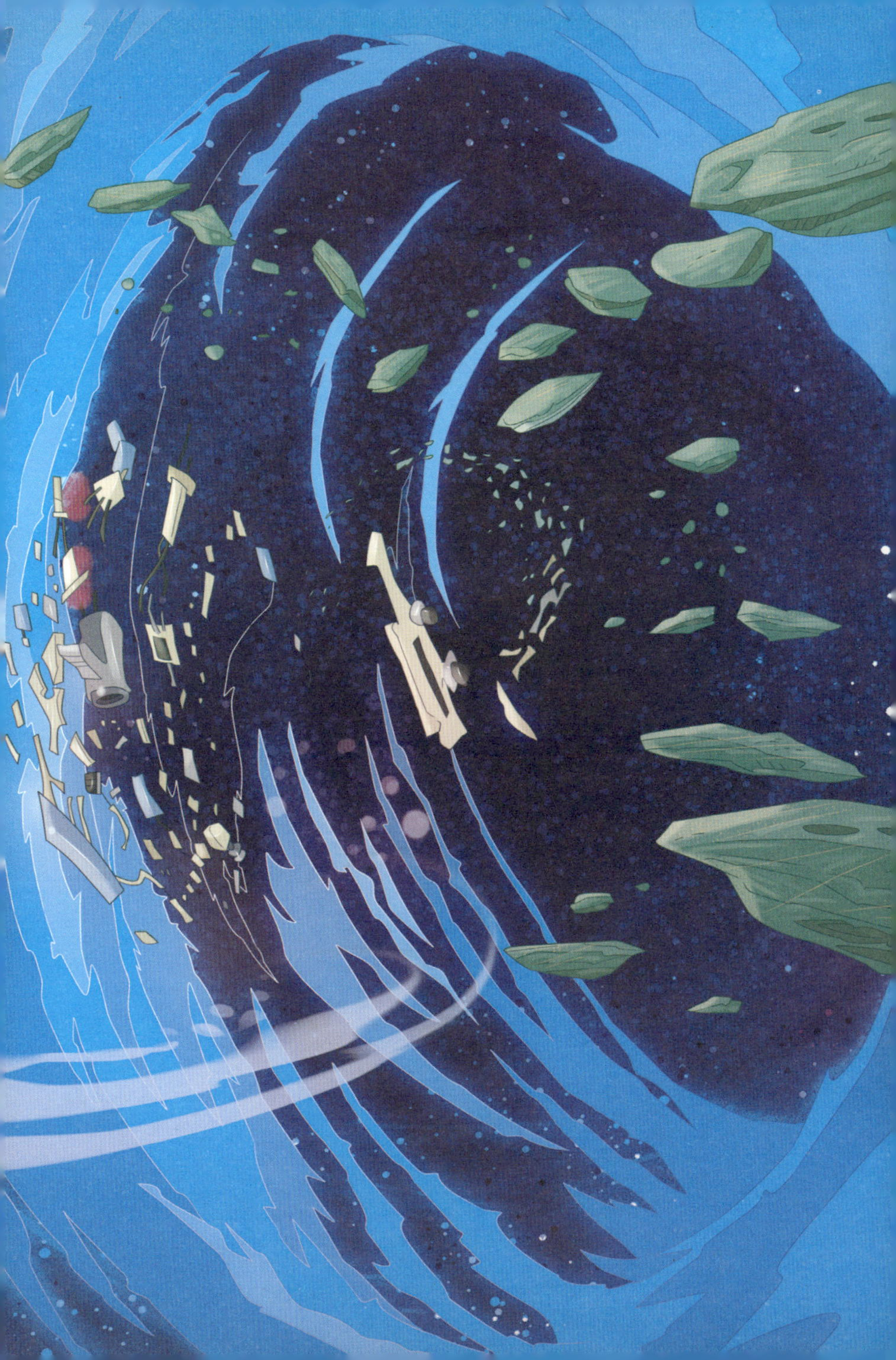

完蛋了，死定了，要成为灰烬了！

"不用担心！一切都在我的掌……"菲的话并没有说完。

隆隆！！隆隆！

探索小艇突然停了下来，让我们差点儿从座位上**飞出去**。接着它又再次启动，只不过我们好像是在……向后退！

我扯开嗓子疾呼："加油，菲！""没有办法了！如果我继续让**发动机**超负荷运转的话，只会让情况更糟糕！"

我的太空星系呀，我们马上就要掉进一个超大的太空黑洞里去了！

我们完蛋了，死定了，要成为灰烬了！

注意黑洞!

我们的探索小艇被这个深不见底的**黑洞**牵制着,它就像一个马力十足的**吸尘机**,把我们吸向黑洞的中心。正在这时……

咔哒! 咔哒! 咔哒!

星际百科全书

黑洞

黑洞是宇宙中最奇特的天体,它能发出巨大的引力,吞噬周围一切物质,甚至连光线也不放过。因此无论什么东西,一旦被它吸进去之后,就再也无法从其中逃离了。而星际科学研究所的专家们至今仍未能完全解开关于黑洞的秘密。

注意黑洞！

我们听到了一阵让鼠不安的声响。

"**啊，不会吧！**"小赖喊道，"探索小艇快要坚持不住了！"

我的彗星呀，小赖说得没错！

探索小艇的内壁已经开始出现裂痕了！

菲下令道："所有鼠快回到你们的座位上！为了避免发动机不胜负荷，我现在必须要关掉它！"

我结结巴巴地说："可……可……可是，我们不知道被吸进黑洞里会发生什么事！我们也不

注意黑洞！

知道被吸进去之后会到什么地方！我们一点、一点、一点都不知道！"

"别像一个**胆小鬼**一样，小孙子！菲说得没错！"爷爷大声训斥我说。

菲点了点头，然后熄灭了发动机……

咻 咻 咻 咻 咻！

像是仅仅过了一星际秒钟的时间，黑洞就把我们吸入了一条深不见底的**星际通道**里。里面比日全食的时候更黑暗，比**极地星**更寒

注意黑洞！

冷，比毕宿五*上的星际图书馆更安静！

为什么，为什么我会参与这个**新任务？**

于是，我打开了腕式电话，并呼叫"银河之最号"说："救命啊！快点来救救我们！"

过了一会儿，探索小艇上的**雷达**突然发出了一阵越来越急促的警报声。

哔！哔哔！哔哔哔！

我紧张地问道："菲，发生了什么事？"

"这是遇到危险的警报声。船长，似乎在这个黑洞里还夹杂着**太空垃圾！**"我的星际陨石呀，现在该怎么办？

菲尽力地**躲避**着那些障碍物，而我们则在一边为她指示行驶的正确方向（基本上正确吧）："将探索小艇**向右**靠一些！现在

---

*毕宿五：一颗橙色巨星，是金牛座中最亮的恒星。

注意黑洞！

向左靠！不不，再**向右**一点！**向左**！"

好不容易躲过危险，我们又遇上了**电磁风暴**，真是祸不单行！这让我们飞行的速度越来越快，紧接着……**嗖嗖嗖！**

菲操纵探索小艇像**陀螺**一样旋转了起来，才刚好躲过了一颗陨石。

注意黑洞！

她兴奋地喊道："哎哟！我决定把这个动作命名为**'星际回旋'**！"

"真是技术超群！"爷爷夸道。

"真是太刺激了！"小赖叫道。

"真是……**太危险了！**"我害怕地闭上了双眼。

接着，周围的一切似乎都恢复了平静。

小赖对我说："你可以睁开眼睛并且解开安全带了，**我们得救了！**"

我的宇宙小行星呀！

我们不仅得救了，而且"银河之最号"就出现在我们的面前！

奇怪，真是奇怪！

不一会儿，我们重新回到**飞船**上。菲长舒了一口气，说："幸好有船上的伙伴来接我们！如果是我们孤身奋战的话，恐怕就**不能回来了**。"

我的宇宙尘埃呀，菲说得一点都没错！

探索小艇浑身**伤痕累累**，发动机冒着黑烟，稳定器已经被折成了**维嘉星香蕉**的形状！

"你们现在感觉怎样……"小赖微笑着说道，"要不我们来一点冥王星

奇怪，真是奇怪！

并且正好砸到了我的脚爪！

哎呀！真是痛到星星上去了！

茉莉想要赶紧捡起螺丝刀，但是她的脚爪却像是**天王星奶酪**一样软。

结果她脚下一绊，摔倒在地上。

啪 啦！

当我伸出爪子想要帮她站起来的时候，她**嘀咕**着说："对……对不起…… **真是太丢脸了**。对不起，船长先生！"

啊！

奇怪，真是奇怪！

我几乎不敢相信自己的耳朵！

茉莉竟然会**因为我**而感到……尴尬和害羞。

平时不都是**我**会变得脸红，**我**会脚下绊倒，**我**会四爪瘫软嘛！

奇怪，真是奇怪！

奇怪，真是奇怪！

我捏了一下自己的脸（哎呀），确定不是在做梦，然后说："茉莉，你还好吗？我感觉你好像有些……不太一样！"

她赶忙说："不！我是说，我……我觉得……一切都好！现……现在我立刻检查一下你们的飞……探索小艇！"

我微笑着说："谢谢你！"

这时，茉莉又差点儿晕了过去。但是她定了定身子，便走开了。

我的宇宙奶酪呀，到底发生了什么事情？

星际冲浪运动员?!

我和其他的太空鼠们一起走向喷气电梯,但正当我转过一个拐角的时候……

砰!嘭!

我的鼻子一下子撞到了飞船上的科学家费鲁教授。他高呼:"嘿,你碰坏了我的根啦!你碰坏了我的新芽啦!你碰坏了我的须发啦!"

我的宇宙奶酪呀,他到底是从什么时候开始会用这样的口吻说话的?

星际冲浪运动员?!

我**摸不着头脑**地咕哝道:"嗯……对不起,费鲁教授。"

他微微一笑,说:"没关系,我的超级船长先生!幸好我还没有在叶子上多涂上**叶绿素**去晒太阳……"

直到这时,我才注意到这位科学家一改往日穿实验室白袍的装扮,换上了一身帅气的**冲浪装备**:防沙鞋、空调帽、潜水服,还背着一块**超音速冲浪板**。

星际冲浪运动员?!

我的宇宙小行星呀,他看上去就像是一位星际冲浪运动员!

"嗯……你这是准备去测试什么新发明吗?"我问道。

费鲁教授回答说:"发明?你真会开玩笑,船长!我正准备去生态园挑战超级宇宙海浪呢!我报名参加了星际大力士比赛!说起来你……"

"我……怎么了?"

"你已经完成任务回来了吗?你不是飞去……飞去……天王星?海王星?地王星?不对不对,还是……冥王星吗?你去制服什么怪物呢?啊,对了……制服大咕噜怪!这次你一定已经顺利完成任务了,对吗?你简直就是代表了宇宙的正义力量,船长!"

我差点儿尖叫起来:"什么,什么,什么?我?!"

星际冲浪运动员？！

小赖插嘴问道："宇宙的正义力量？这个头衔不错！可是，我的表哥杰尼就是一个**胆小鬼**啊！"

我不理会他的话，继续说道："我们刚从**毗鼠星**附近回来。嗯，很遗憾，我们没能够找到你的**星际探测卫星**。"

"**我的……探测什么？**是吃的东西吗？还是机器？其实我对于那些电子产品懂得不是很多。我是一名**星际冲浪运动员！**"

我的土星光环呀，我这下是彻底被弄糊涂了！

费鲁教授是一个**长着胡子的科学家啊！**

他清楚整个星系的所有信息，怎么会突然变成冲浪运动员呢？！

奇怪，真是奇怪！

这时，坦克鼠爷爷把我拉到一边，对我说："小孙子！先是'银河之最号'突然出现（这很奇怪！）……接着是茉莉见到你之后，就像是一块维嘉星奶酪一样都快**融化**了（不是说对你有什么想法，但这也很奇怪！）……现在费鲁又突然成了**冲浪鼠**了！总之，这一切都实在是太奇怪了！"

我很赞同爷爷的看法，不过还没等我回答他，**喇叭**里就响起了一

个非常温柔的声音:"亲爱的小杰尼,在你有空的时候,可以来控制室里和你亲爱的爷爷说说话吗?"

可是,可是,可是……这怎么可能!

我的爷爷不就在我身边吗?而且他也绝对不可能用如此甜蜜的口吻和我说话!

奇怪,非常奇怪,太奇怪了!

小杰尼!

呃?

像两颗双子星那样一模一样

坦克鼠爷爷生气地说:"**我受够了!** 谁胆敢这样模仿(简直就是在抹黑!)我的声音?我们得尽快弄清楚到底发生了什么事!快去**控制室!**"我结结巴巴地说:"嗯,你们先去,我马上就来……"

坦克鼠爷爷目光如炬地看着我说:"你这个**笨蛋**孙子!你得表现出像一个真正的船长一样!赶紧抬起你的爪子,快给我**跑起来!**"

在爷爷的催促下,我以*超音速*飞奔向控制室!

正当我准备进去的时候,突然有谁提着一个

像两颗双子星那样一模一样

大袋子跑了过来，然后……

砰！嘭！

我和他撞了个满怀，而且他的袋子**飞到**空中，里面的东西散落一地！

袋子里装的尽是不同的**运动器械**和一套衣服。其中的一只袜子正好落在我的鼻子上！**哎呀呀呀！**

当我揉着鼻子正准备向对方道歉

像两颗双子星那样一模一样

的时候，我瞬间……**屏住了呼吸！**

与我相撞那位竟然……

和我长得一模一样！

同样的鼻子（挺拔）……

同样的胡子（高贵）……

同样的尾巴（卷曲）……

我的土星光环呀，他……就是**我**！

我的意思是说，**他**就是**我**，**我**就是**他**。

我们就是**我们**。总之，**我们**两个鼠长得实在是太相似了，如两颗双子星一样！

"**你是谁？**"我们异口同声地问对方。

"我是杰罗尼摩·斯蒂顿，这艘飞船的船长！"我们两鼠同时回答。

"**我才是真正的船长！**"我们再次同时呼喊道。

像两颗双子星那样一模一样

随后赶来的坦克鼠爷爷先是吸了一口气，然后抓住了我俩衣服的领子说道："你们两个真是比冥王星鲈鱼还要**笨**！一个一个地说，**不然我们什么都听不懂！**"

那个长得和我非常像的太空鼠从头到脚将我打量了一番，然后说："就凭你身上那些**松弛的肌肉**也想来冒充我？你可以不间断地跑多少星际公里？你一个爪子可以举起多重的**引力杠铃？**你用尾巴可以做多少个引体向上？"

像两颗双子星那样一模一样

"嗯，事实上我……"

"和我估计的一样，一个**真正的船长**必须随时保持身体处于最佳状态！"

我转向爷爷，寻求帮助，但是爷爷却说："这位先生并没有完全说错，小孙子，你平时确实有点**太懒惰了！**"

"爷爷！"

"而且我觉得你好像也不是很**勇敢**的样子，"那个和我长相相同的鼠继续说道，"你有没有尝试过蒙上双眼驾驶飞船穿越**陨石风景**？你有没有尝试过穿越常绿星的原始森林？你有没有驯服过**外星怪物？**"

"嗯，没有试过，全部都没有试过！"我回答说。

他继续说道："不出我的所料！要想成为

像两颗双子星那样一模一样

一个真正的船长,需要力量!需要努力!还需要……"

"**还需要坚韧的意志!**"爷爷替他说道,"我一直这样对他说,但是他从来都不肯听我的!"

我的星际奶酪呀,坦克鼠爷爷到底是站在哪一边的呀?

像两颗双子星那样一模一样

　　幸运的是，这时我们的谈话再次被那个温柔无比的声音打断了："小杰尼，亲爱的小孙子，你可以来一下控制室吗？我刚才已经呼叫过你一次了，你真是个**小淘气鬼**！"

　　听到这些话之后，长得和我一模一样的那个鼠一下子跳了起来，急匆匆地说："你们如果不介意的话，可以来控制室继续聊这个话题。当职责召唤的时候，**一个真正的船长必须立即做出回应！**"

　　"没错，你听到了吗？"爷爷满意地看着另一个鼠，同时对我说，"这才像是一个真正的船长所说的话。"

　　于是，我叫上小赖和菲一起走向了控制室。

　　当门打开的时候，小赖先叫起来："**哦，你们看！**"

我的太空行星呀，这真是太混乱了！

在控制室里，我们彷佛进入了一个镜像的世界。眼前有三个和坦克鼠爷爷、菲，以及小赖长得**一模一样**的鼠，但是他们每一个都表现得很奇怪。

菲的镜像鼠懒洋洋地在座位上**打盹**，双爪放在控制台上。

呼噜……呼噜……呼噜……

小赖的镜像鼠则站在一个显示器前，一脸认真地进行着某些**非常复杂的运算**，嘴里还嘀咕着："嗯，这个新的超级动态生化全息扫描对

我的太空行星呀，这真是太混乱了！

比分析程序可真是让鼠吃惊呢。"

坦克鼠爷爷的镜像鼠则走了过来，脸上带着**仁慈**又**温柔**的表情，说："小杰尼，我们已经找到了那颗不明**探测卫星**的位置坐标。顺便问一下，冥王星的那个任务进行得怎么样？"

他突然停了下来，**看了看我们**，然后看看自己身后的鼠伙伴，又再看了我们一眼。

"我的太空小奶酪呀，这些家伙是谁？"他高呼起来。

**咕吱吱！
我的心里也有着同样的疑问！**

这些太空鼠是谁，是变异的外星人，还是全息影像，抑或是最新科技的机械人？

小赖笑着说："嘿嘿！想不到这里竟然有一个长得和我**一模一样**的家伙！"

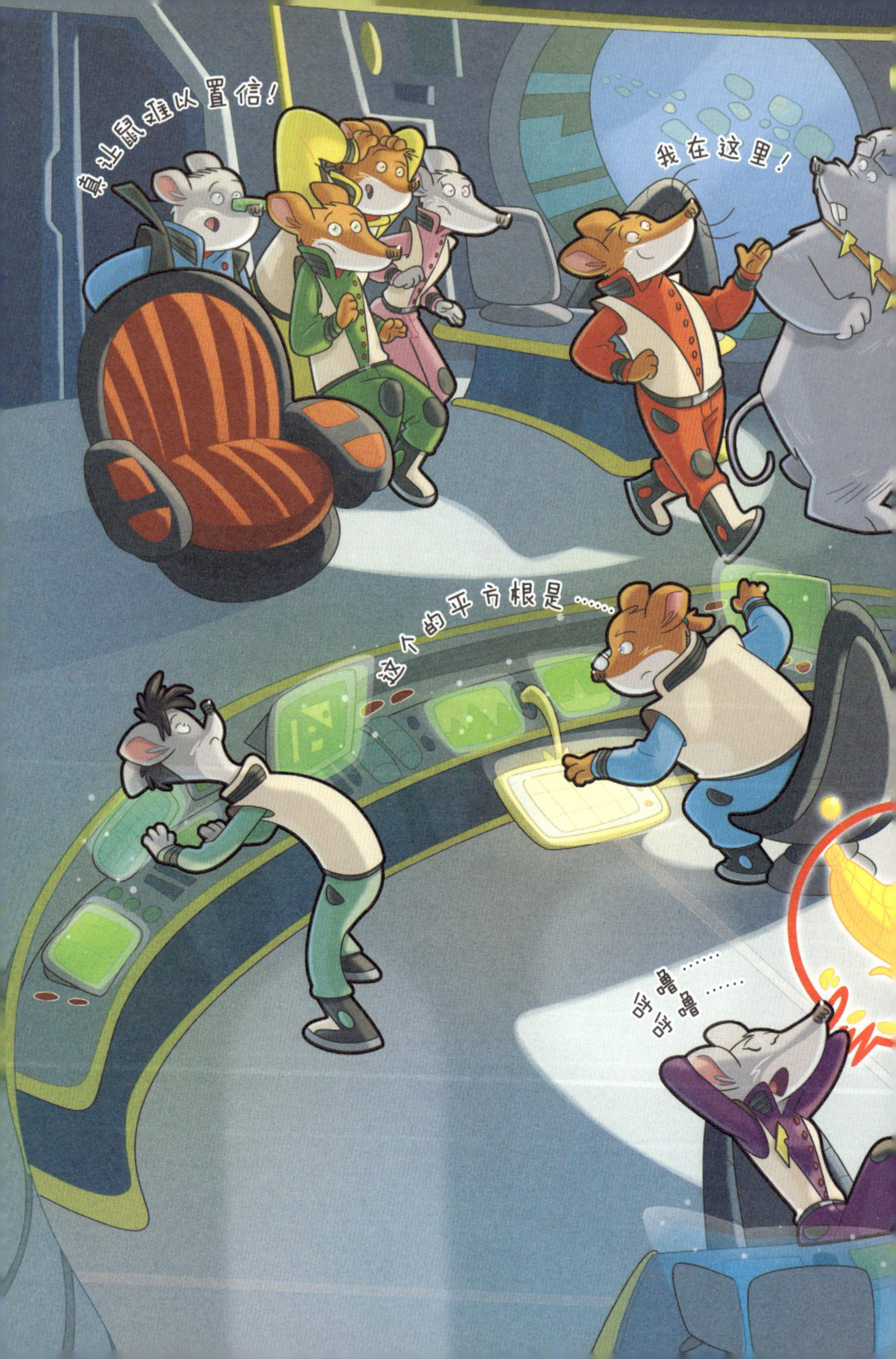
真让鼠难以置信！
我在这里！
这个的平方根是……
呼噜……
呼噜……

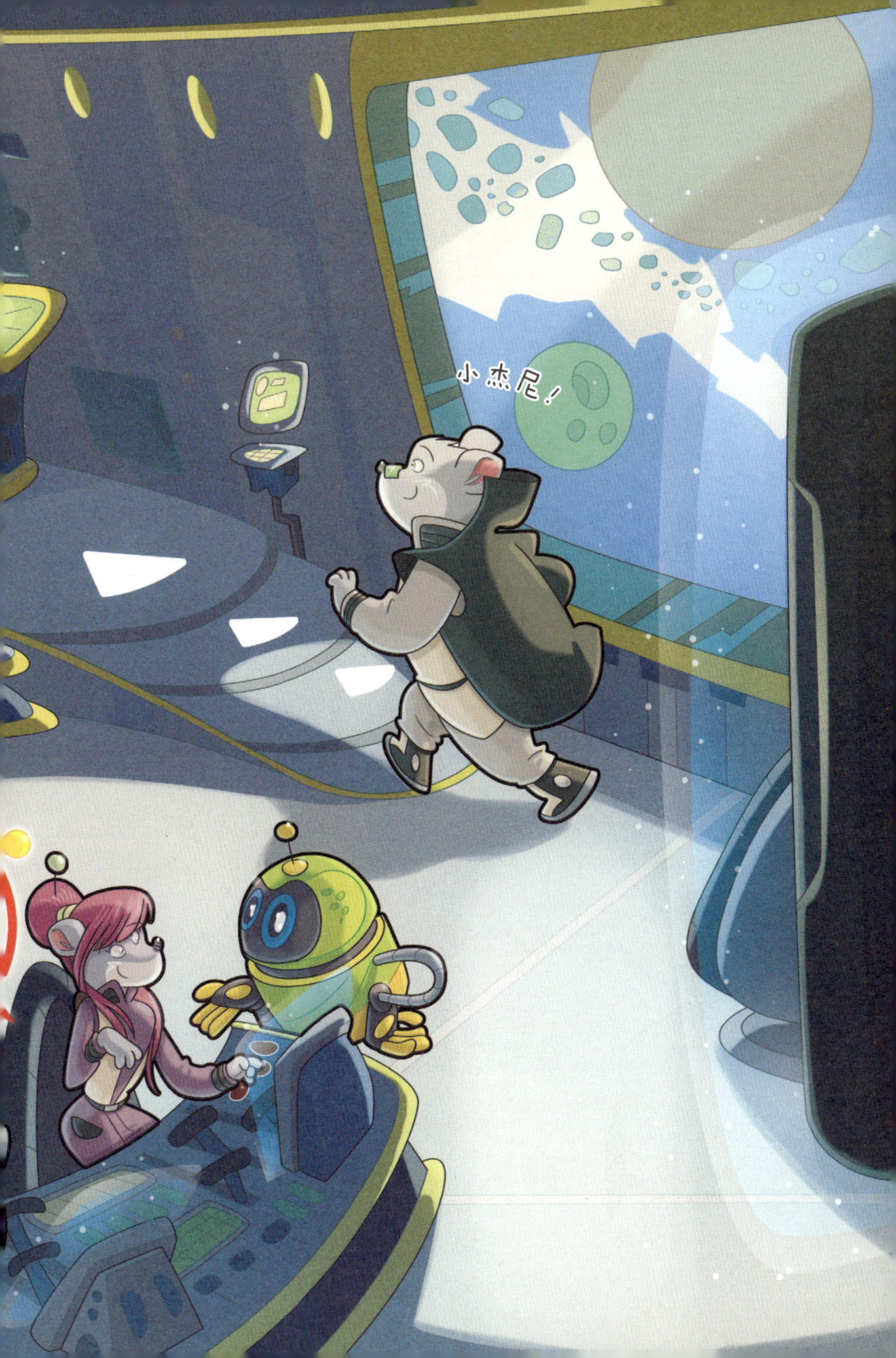
小杰尼！

我的太空行星呀，这真是太混乱了！

我是小赖！

我们长得一模一样！

他跟我一点也不像！

另一个小赖有些不耐烦地回答说："什么叫**你们**长得和**我们**一样，也不完全一样。比如说你吧，长得傻头傻脑的……"

"**住嘴，你这个复制的小孙子！**"坦克鼠爷爷威严地说道。

而另一个菲睡眼惺忪地叫道："嗯，太好了！我常常希望有一个妹妹，这样她就能帮我分担一些工作了。嗯，来**拥抱**吧！"

"可是，亲爱的菲，我们不知道是否能够信赖这些家伙。"另一个爷爷说道，"谁知道这会不会是海盗太空猫的伎俩呢？那个长得跟我有些像的家伙看上去**脾气可不太好**……"

我的太空行星呀，这真是太混乱了！

这时，菲开口说话了："我们为什么要继续在这里争论，而不是大家**一起合作**把事情弄明白呢？"

"**她说得没错！**"另一个杰尼说道，"争吵并不能解决问题。可是，我们应该从哪里开始呢？"

菲建议说："可以从你们刚才提到的**探测卫星**开始讲起啊！你们可以先把目前了解到的情况告诉我们……"

另一个杰尼有些**怀疑**地问道："为什么你们会对这件事情那么感兴趣呢？"

菲回答说："因为我们是在寻找一颗探测卫星的途中，被那个巨大的

我的太空行星呀，这真是太混乱了!

黑洞吸进去的!"

"**你说什么？**"另一个小赖吃惊地说道，"你们穿越了黑洞？"

"是的。一出来我们就看到了'银河之最号'，然后登上了这里和你们见面。"

"**可是，这艘飞船并不是'银河之最号'**，这艘是'**最强银河号**'，是全宇宙最酷的宇宙飞船，而我们则是**宇宙鼠！**"

"最强银河号"？宇宙鼠？

我的宇宙小行星呀，这实在是让鼠摸不着头脑呀！

黑洞之谜

在对宇宙鼠讲述了我们的遭遇之后，我问道："既然这不是我们的飞船，**那到底发生了什么事？**"

所有鼠都陷入了一片沉默。这时，宇宙鼠们的视线都集中在他们的小赖身上。而他则在咳嗽了两声之后露出了狡黠的笑容："我有一个猜想……"

我有一个猜想……

"那你还在等什么呀？快告诉我们啊！" 所有鼠异口同声地说道。

黑洞之谜

我的星际奶酪呀，也许我们距离解开**谜题**只有一步之遥了！

另一个小赖卖弄起关子，不慌不忙地说道："我的研究发现，这个**黑洞**是由**毗鼠星**引力坍缩而形成的。黑洞是一种非常神秘的天体，因为从来没有谁进去之后还能够**穿越**出来的。"

"可是，我们确实是穿越了黑

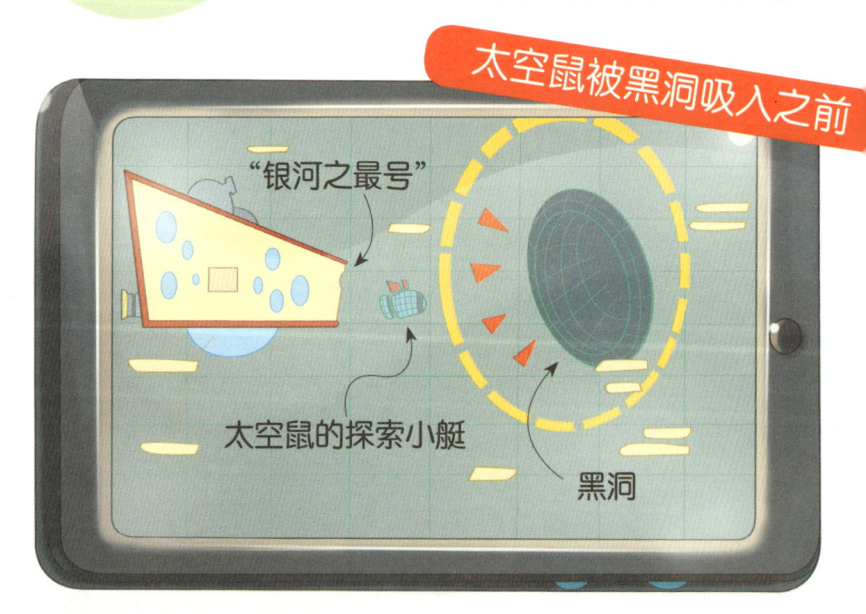

明白了吗？

太空鼠被黑洞吸入之前

"银河之最号"

太空鼠的探索小艇

黑洞

黑洞之谜

洞啊,而且完完整整地出现在了这里!"我的妹妹菲更正道。

"**问题就在这里!**"另一个小赖继续说道,"将你们吸进去的那个黑洞应该就是一扇通向**平行宇宙**的大门!这也就是为什么你们会来到'最强银河号'的原因。这里对你们来说,就像是一个镜像世界。你们遇到了你们的镜像鼠,也就是我们宇宙鼠。"

"**哇啊啊啊!**"所有鼠异口同声地惊呼起来。

太空鼠被黑洞吸入之后

"最强银河号"

太空鼠的探索小艇

黑洞

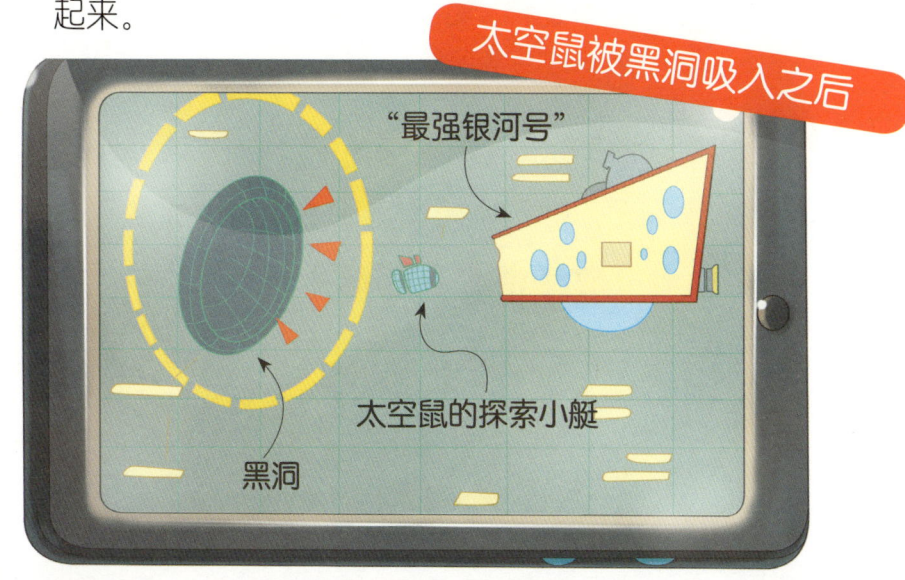

黑洞之谜

"小赖"继续解释说:"能够遇到你们真是一件很幸运的事情!我们注意到近期在这个星座突然出现了一些**不明物体**,其中有一颗太空探测卫星。"

"那一定就是**我们**那颗失踪的卫星!"我说道,"这样说来,我们那个宇宙所有被吸入黑洞的物体就全到**你们**这边来了!就像……"

"就像你们来到了这里一样!"他总结说。

"如果是这样的话,那么我们该怎样安全地返回属于我们的宇宙呢?"我问道。

"正如我刚才所说的,到目前为止没有明确的数据、证据或是**科学研究学说**能够回答你这个问题。你们是宇宙历史上第一批成功穿越黑洞,并且**来到另一个宇宙**的太空鼠!"

"可是我们不能就这样永远留在这个宇宙

啊！"我抱怨说。

"就是啊，**两个**小赖的话实在是太多了。"我的表弟补充道。

"**两个**马克斯上将也太多了。"爷爷附和道。

"不过，对我来说……"菲的镜像鼠懒洋洋地打着哈欠，说道，"如果能够有一个**双胞胎妹妹**可以帮我一起驾驶飞船的话，我就能多睡一会儿了。

嗯啊！"

菲提醒道："也许**探测卫星**所收集到的数据能够帮助我们找到办法，但前提是

我们得先将它回收过来！"

黑洞之谜

"最强银河号"的船长宣布说:"我们会帮助你们的!宇宙鼠**永远会帮助**那些遇到困难的朋友!"

菲惊叹道:"太空鼠也是这样!现在,我们又多了一个共同点!"

我补充说:"**宇宙鼠,谢谢你们!**"

西格玛447号行星

于是,我们再次登上了茉莉的镜像鼠已经帮我们维修好了的探索小艇,然后飞向**西格玛447号行星**,这也是这个星座里最大的行星了。根据宇宙鼠雷达的测量,雷提格35号探测卫星应该就降落在那上面。

**我的星际奶酪呀,
这些数字可真是让人
感到晕头转向!**

而来到另一个宇宙的问题还有很多,比如:每当有谁叫斯蒂顿的名字时,总是有**两个鼠**同时应答!

星际百科全书

西格玛447号行星

这个行星表面布满大大小小的洼地，就像是一块奶酪。星球上没有任何外星生物的存在，甚至连氧气都没有。登陆这个星球时，请务必记得要先穿上太空衣和戴上氧气面罩！因为那里是一个了无生气的地方：只有石头和沙子，所以不建议作为星际度假的目的地。

我的星际尘埃呀，我们得想办法解决这个问题！

坦克鼠爷爷建议说："为了区分我们和**镜像鼠**，我们可以把宇宙鼠叫作'杰尼二号''小赖二号''菲二号'和'坦克鼠爷爷二号'，听明白了吗？"

"谁说我们是镜像鼠，有可能我们才是**正版**的呢？"小赖二号强调说。

不过，菲显然并不想在这个问题上纠结下去："这事我们回头再商量。现在，我们已经距离西格玛447号**行星**很近了，准备降落！"

我的太空奶酪呀，我可从来都没有见过有哪颗行星如此……

死气沉沉的！

西格玛447号行星上没有一点亮光，灰蒙蒙的，表面只有砂石。

小赖二号解释说："根据记录，在西格玛447号上面没有任何外星生物或是植物的存在，这颗行星完全是**荒芜**的！"

不一会儿，探索小艇就降落在一片荒凉的地表上。我们穿上了**太空衣**之后，便出去探索。可无论是在我们任何一个方向，不管远近，这里能够看见的就只有**岩石**、**沙土**和**荒山**。

我有些尴尬地问道:"嗯……我们该朝哪个方向走?北边,还是南边?"

"我先查一下!"杰尼二号回答说,"我已经在腕式电话上下载了**星际地图**,这些准备工作一般我都会在执行任务之前完成。"

坦克鼠爷爷立刻说道:"你看,小孙子!你得好好向这位**真正的船长**学习!"

坦克鼠爷爷二号打断他说:"别对他太严格了,坏马克斯!"与此同时,杰尼二号打开了星际地图。从他的腕式电话上向空中投射出了**几道光束**,不一会儿整颗行星的立体地图全息影像出现在我们的眼前。

杰尼二号说道:"这个**小红点**就是我们现在身处的位置。地图显示,那颗探测卫星在上方,所以我们得向着北方的**山脉**走。"

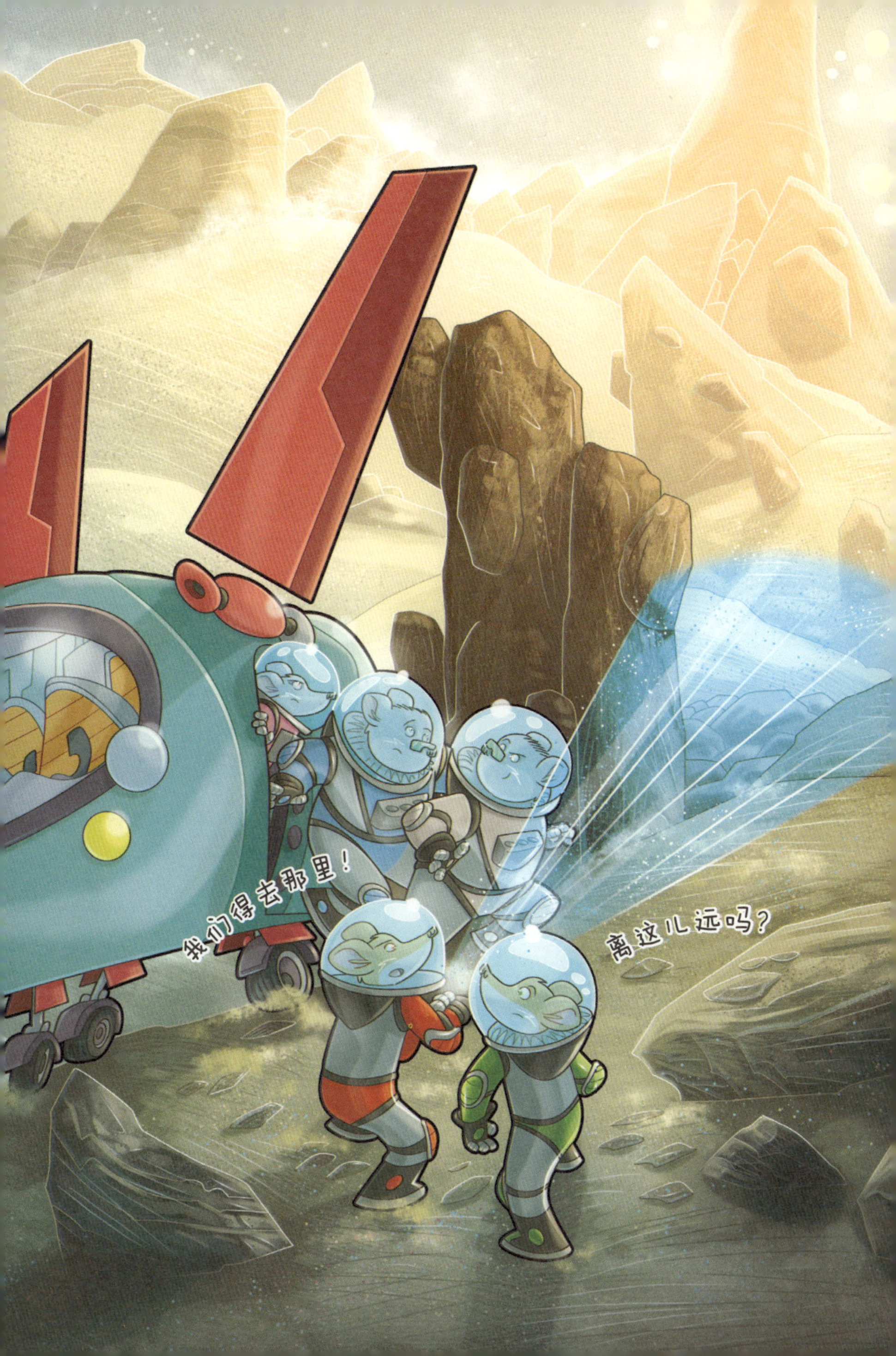
我们得去那里！
离这儿远吗？

于是，我们开始走啊，走啊，走啊……

在一段很短（这是爷爷的看法）而又**费劲**（这是我的看法）的徒步之后，我们终于来到了山脚下。

呼哧……呼哧……呼哧……我已经快不行了！

我刚想要停下来休息一下，就被杰尼二号督促着走上了一条**十分陡峭的山路**，他说："我终于遇到一个和我一样不怕高山和深谷的勇敢鼠了！"

我差点儿晕过去："**什么？**"

高山？深谷？我有点不想走了！

不过，既然我已经走了一半，就只能继续向上爬啊……爬啊……爬啊……

当我们最终来到山顶时，我的四只爪都已经

西格玛 447 号行星

像**天王星奶酪**一样软了。

我的星际小行星啊，真是累死我了！

我正准备靠在一块石头上休息一下时，突然……

扑腾！

我脚下一滑**掉了下去**，滚啊……滚啊……越来越快，越来越快，越来越快！这时，我看到下面有一个巨大的**坑**！

我想要抓住旁边的岩石，但是石头却像是咕噜星上的**肥皂泡泡**一样滑！我感觉自己就要完蛋了，可没想到此刻我的**太空衣**忽然像一个气球一样鼓起来了。

呼咻咻咻！

真丢脸！

西格玛 447 号行星

这时，我的四只爪完全腾空，我尝试着**动**了一下，但是却连一根尾巴的距离都没有移动！

"哦，不是吧！我被卡住了！"

"多亏了这套**救生系统**！"小赖二号看着我说，"这套系统是我发明的，专门保护那些笨手笨脚的鼠，防止他们撞伤、压伤，或是滑倒摔伤！这个系统已经被内置在我们所有的太空衣里了！"

真是太丢脸了！为什么，为什么，为什么我不像杰尼二号那么能干呢？

"太棒了，船长！"不过，杰尼二号却在那里祝贺我说。

"真……真的？"

"当然！你发现了我们要找的东西！"他高兴地说道，"那颗**探测卫星**就在下面！"

多么坚强！多么灵活！多么勇敢！

太空鼠和宇宙鼠们合力将我从坑里拉了出来，小赖二号帮助我把太空衣里的气放掉，接下来就该将探测卫星从坑里弄出来了。

"首先，"小赖二号说着，从包里拿出了一个带有四个吸盘的**装置**，"我们需要将这个声控悬浮机固定到雷提格35号探测卫星上去。"

我的太阳系月亮呀，他说什么？

我有些不好意思地举起爪子，问："你可以……嗯……说得更详细些吗？"

多么坚强！多么灵活！多么勇敢！

"其实很简单，"他叹了口气说，"一个鼠下去将它固定在悬浮机上，另一个鼠在上面**指挥**就可以了。"

小赖将我向前推了一步，说："表哥，是你表现的时候了！现在该由你出马了！"

我？为什么总是我？

啊！对了，因为我是船长！

但是，杰尼二号的动作更快。

"这次轮到我上！"说完，他启动了太空衣上的**推进器**，然后对我挤了挤眼睛，便跳进了坑里。

坦克鼠爷爷在一边感叹道：

"多么坚强！多么灵活！
多么勇敢啊！"

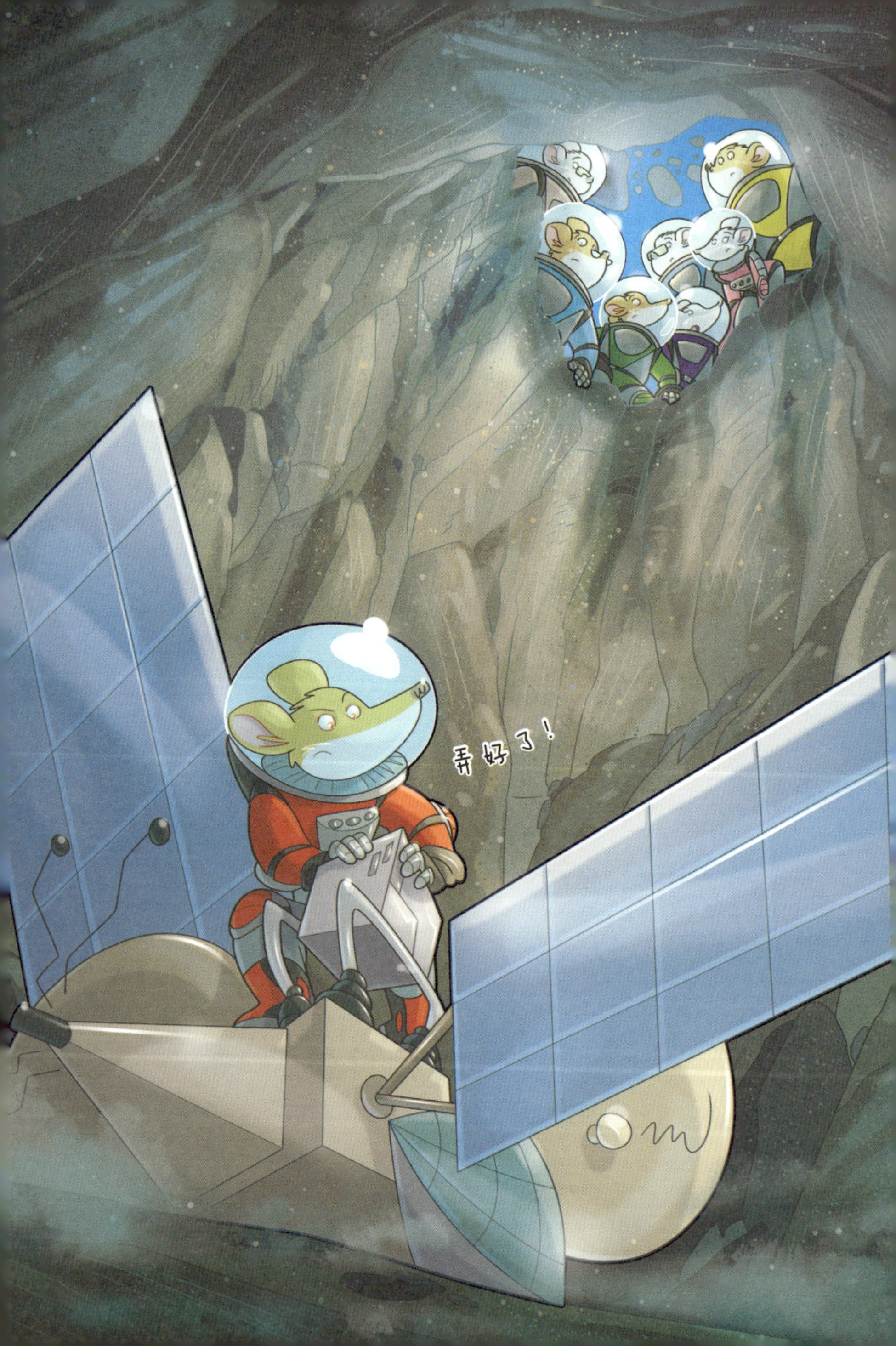
弄好了！

多么坚强！多么灵活！多么勇敢！

不一会儿工夫，杰尼二号就抵达了底部的**探测卫星**旁边，他说道："我这里准备好了！你们可以开始启动悬浮机了！"

在确认一切都准备就绪之后，轮到我来**指挥**把探测卫星吊起来。

整个过程十分顺利！

当探测卫星被拖到我们面前时，所有鼠都好奇地围了上来。

我的星际百科全书呀，这东西上布满了开关和按钮！

我根本就不知道该从哪里下爪。幸好有小赖二号，他将自己的 平 板 电 脑 连接上卫星的控制面板，然后迅速读取了里面的数据。

不，坏消息。还是好消息吧！"

"嘘，放松点。"表弟对我说。

我做了一次深呼吸，然后问道："嗯，一共有几条消息？"

小赖二号终于失去了耐心，于是替我做出了选择，说："**好消息**就是想要回到你们的世界，只要改变黑洞的磁场方向就可以了。"

"**太好了**！"我们所有鼠都异口同声地欢呼起来。

他继续说道："**坏消息**就是我们需要借助一股**宇宙超级无敌**强大的电磁力。因为到目前为止，全宇宙没有一台设备能够制造出强大的力量来改变黑洞的磁场方向！"

"不会吧？！那么，我们岂不是永远都要被困在这里了？"我难以置信地说。

一个好消息和一个坏消息

"我很遗憾,船长先生,也许你可以留在这里帮助我一起完成一些更加困难和危险的**任务**!"杰尼二号安慰我说。

"也许马克斯可以**帮助我**跟大家沟通,让所有鼠能够清楚地听到我在说什么。"坦克鼠爷爷二号接着说道。

"这样菲可以代替我完成在控制室的工作,而我就可以去**度假**了。"菲二号看上去还挺开心的样子。

"啊,也许事情还有一定的转机!我刚刚想到了另一个**绝妙的主意**。"小赖二号一边说着,一边开始在岩石上来回走动。而我们所有鼠**好奇**的目光都集中在他的身上。

也许……

一个好消息和一个坏消息

我的宇宙星云呀,不知道我们的科学家朋友现在脑子里在想些什么?

最后,他说道:"我需要去验证一下**我的猜想**是否正确!"

接着,小赖二号离开了一会儿,然后爪子上捧着一些**金属物件**回来,并把它们放到岩石的旁边……

砰!嘭!噔!

所有东西一下子被吸附到岩石上!

"如我所料!"他得意地向我们解释说,

一个好消息和一个坏消息

"**西格玛447号行星**的主要成分就是超级磁石,也就是说,我们现在就走在一块**巨大的磁铁**上!之前我们一直都没有意识到,是因为我们的探索小艇和太空衣**影响**了这个星球的磁场!我们也许可以借助这颗行星的磁力来影响**黑洞**的磁场!"

"嗯?超级什么?我的宇宙星系呀!"我困惑地问道。

我一点也听不懂!

一个好消息和一个坏消息

于是，我的妹妹菲在一旁对我解释说："杰尼，其实很简单！我们把这颗行星当作一块巨大的磁铁来用，利用它的力量来影响黑洞的**磁场**并使其改变方向。"

"这样黑洞就会把这个宇宙里的东西**吸进**去，然后带到我们的那个宇宙里去！"我补充道。现在，我总算是弄明白了。

菲最后总结说："这样一来我们只需要靠近那个黑洞，然后让它将我们**送回去**就可以了！"

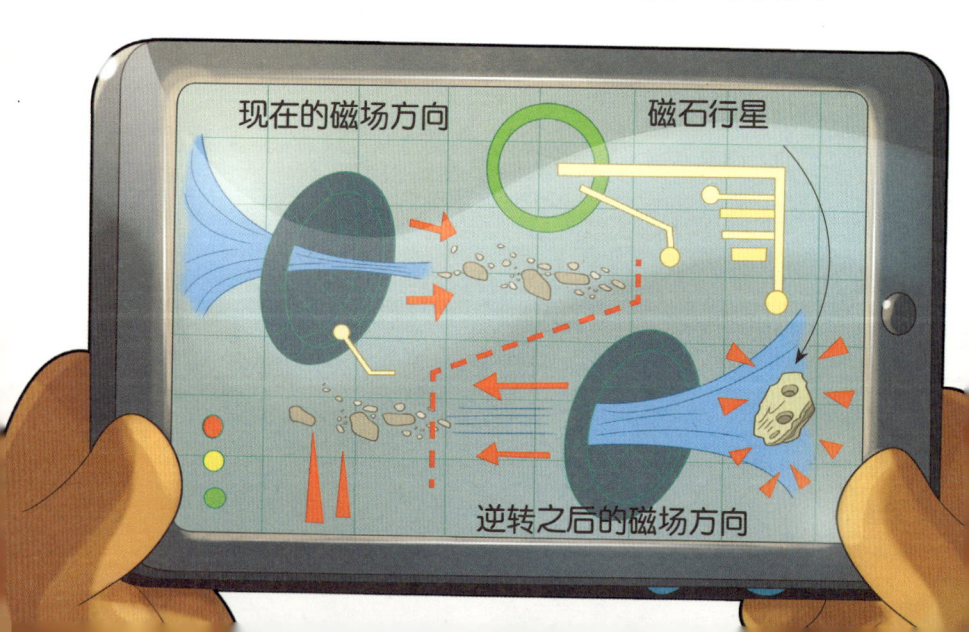

一个好消息和一个坏消息

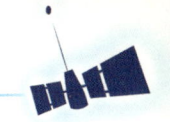

我的星际奶酪呀,这真是太好了!

我终于能够再次回到我的书桌之前,继续写我的**《太空鼠大冒险》**了!

菲、小赖和坦克鼠爷爷也高兴地和我拥抱,我们终于能回到"银河之最号"了。

不过,小赖二号却给我们泼了一盆冷水,说:"嗯,就是有一个*很小、十分小、非常小的问题。*"

哦,不是吧!又出什么问题了?

他继续说:"根据西格玛447号行星的轨道来推算的话,它经过黑洞附近的时间还需要再等*十星际年!*"

"什么,什么,什么?"我吃惊地喊道。

"我想赶紧回'银河之最号'和茉莉聊天。"菲叹了口气说。

"我想念本杰明和潘朵拉了!"我接着说道。

一个好消息和一个坏消息

"难道你们不怀念**咔嗞**大厨的手艺吗?"小赖十分沮丧地说道。

爷爷咆哮道:"不要再垂头丧气了!我们可以使用'最强银河号'上的**万能钩爪**,宇宙鼠帮我们将行星拖到指定的位置,然后我们就趁此机会以光速进入黑洞,并返回我们的世界。"

"这个主意真是太好了!"我欣喜地喊道。

坦克鼠爷爷最后命令道:"明天一早我们就开始执行!"

所有鼠异口同声地高呼口号:

"太空鼠团队
上下一心!"
"宇宙鼠团队
上下一心!"

祝你好运，船长先生！

如同一块星际奶酪的发酵时间一样准时，第二天**早上七点**，"最强银河号"所有的船员全部都在控制室里集合待命了。

嗯，几乎所有的船员！

菲二号一见到菲，立刻就将**飞船驾驶员**的位置让给她，说："你可以替我驾驶一下吗？我昨天已经驾驶过了，前天也是我驾驶的！"

菲回答道："当然可以！我还是喜欢**驾驶**着飞船来完成一些要求专门技巧的操作或是执行有危险的任务。"

祝你好运,船长先生!

危……危……危险?
我的星际奶酪呀,这真是太可怕了!

我的双爪情不自禁地开始颤抖起来,同时脸色也如同一块**月亮奶酪**一样苍白。

"船长先生,别抖得太厉害。这样飞船会晃,而我就没法……啊……睡觉了。"菲二号打了个**哈欠**说道,然后在椅子上打瞌睡。

幸好,其他鼠都非常认真地在工作,而我们

祝你好运，船长先生！

也得以成功利用**万能钩爪**抓住了西格玛447号行星。

坦克鼠爷爷二号赞叹道："很好，孙子们！这简直就是完美的操作！"

而坦克鼠爷爷马上补充说："**先别高兴得太早！**现在我们将把行星拖向黑洞的方向！**开始拖拉！**"

透过飞船的玻璃舷窗，我们看到钩爪上的绳子已经开始绷紧，不知道能不能成功……

这颗行星**会不会**太重了？

绳索**会不会**太细了？

我们**会不会**计算出错？

一切看起来都很顺利，直到我们来到黑洞附近时……

轰隆隆！ 隆隆！ 隆隆！

星际百科全书

万能钩爪

众所周知,星际宇宙飞船上一般都会配备一个万能钩爪,以方便飞船能够**拖拉星际拖车**、发生**故障**的**探索小艇**,甚至是**行星**(如果它的体积不是太大的话)!

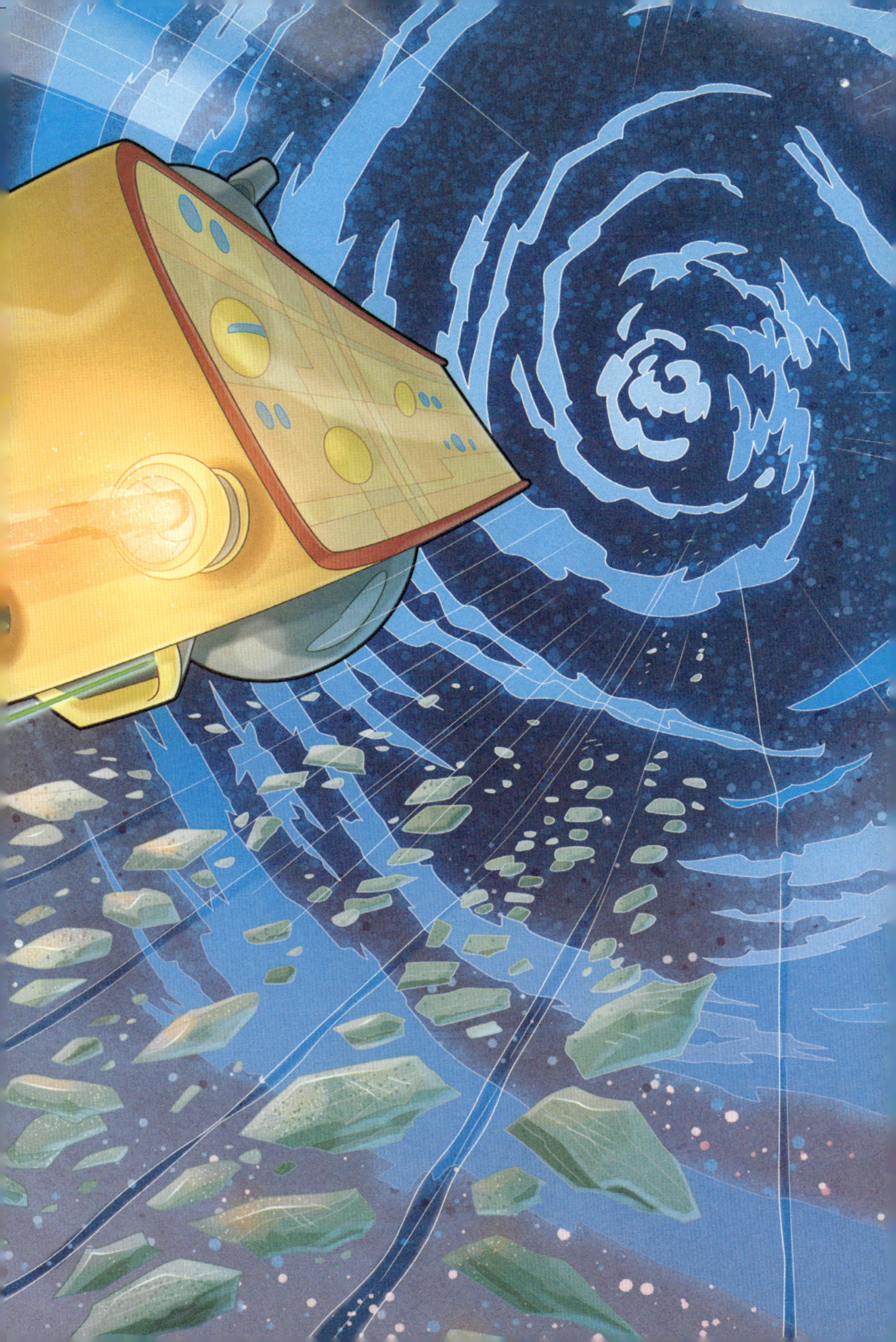

祝你好运，船长先生！

小赖二号有些担心地说："看来发动机负载过大了！"

坦克鼠爷爷说："但是，我们要更靠近一些！不然，行星上的**超级磁石**起不到作用！"

菲将发动机的功率调到最大，然后整艘飞船开始**颤抖**起来。我的宇宙行星呀，我抓紧了椅子的扶手才勉强让自己没有摔倒在地上！

菲大声下令说："**启动装置，稳定位置！**"

情况一下子好了许多，颤抖的飞船渐渐平息下来，现在只是有一些轻微的震动了。

所有鼠**屏住呼吸**，只见飞船慢慢地靠近黑洞，然后黑洞的磁场逐渐减缓……接着停止……最后开始向着反方向流动！

祝你好运，船长先生！

计划成功了！

小赖二号宣布说："西格玛447号行星就位！万能钩爪就位！太空鼠就位！所有鼠全部各就各位，准备穿越**黑洞**！"

所有的宇宙鼠和太空鼠异口同声地喊道：

"嘿，嘿……哈！"

我当然是很高兴能够回家的，不过一想到又要穿越黑洞，让我不禁感觉到紧张，非常紧张，不，是宇宙无敌超级紧张！

这太危险了！

小赖二号向我们解释道："一会儿，你们驾驶着探索小艇靠近黑洞之后，会被那里的巨大**磁场**吸进去，然后应该

祝你好运，船长先生！

就可以安全地回到你们的世界了。"

我嘀咕着说："什么？！应该？！"

他并没有在意我的话，而是继续说道："是的，总之，从理论上来说……**至少我是这样认为的。**当然，你不用担心，船长先生，我几乎确定这个方法可行！你们最多不过是会被送到另一个空间的宇宙里去！"

"**啊？！**我可不想再去另一个宇宙了！我要回家！"

"别说了，小孙子，让我们和宇宙鼠道别，然后准备出发吧！我确定这个方法可行，我们一定能再次回到**'银河之最号'**上去的。"爷爷鼓励我说。

所有的宇宙鼠都围上来和我们道别。真是一个感人的时刻，我们因为偶然而相遇，却建立了牢固的友谊！

祝你好运，船长先生！

"谢谢你，船长先生！" 我紧紧握住杰尼二号的爪子说道，"如果没有你们的帮助，我们可能永远都不能回去了！"

他回答说："我也很高兴能够认识你！如果有机会的话，希望你们下次能够来找我们，当然，最好不是用穿越黑洞的方法！"

我正准备回答他的时候，突然响起了宇宙鼠飞船上的计算机——全息程序鼠三号的声音："黄色警报，黄色警报，黄色警报！"

黄色警报！

什么？

千钧一发

我的宇宙尘埃呀！飞船上发出了黄色警报，这就意味着发生了**紧急状况，有危险，或是有灾难临近！**

我赶紧问道："发生什么事了？"

全息程序鼠二号回答说："这是**保密信息**，我只能告诉斯蒂顿船长！"

"我的宇宙奶酪呀，**我就是**斯蒂顿船长！"我叫道。

而他则顽固地坚持道："**拒绝！拒绝！拒绝！**"

这时，杰尼二号终于说话了："全息程序鼠，

千钧一发

杰尼是我的镜像鼠，来自另一个**平行宇宙**。虽然他不是很努力，不是很坚强，不是很勇敢，不是很强壮，也不是很……"

"是的，是的，我都知道！"我叫道。

"但是我们（几乎）是**一样的**，"他继续说道，"所以你要告诉我的事情，也一样可以告诉他！现在说吧，发生什么事了？""西格玛447号行星的磁力已经快要扯断万能钩爪了，船长先生！嗯……船长先生们！"

一阵寒意从我的胡须尖一直传到了我的尾巴上，我说道：

"**这下可糟糕了！**距离断裂还有多久时间？"

他非常肯定地回答说："还有两星际分二十四星际秒！

快要扯断了！

"二十一……二十……"

我的火星陨石坑呀,时间所剩无几了!

我想在有些时候一个船长需要表现出像一个**真正船长**的样子。他需要做出正确的决定,哪怕会冒很大的风险,因为所有的船员都无条件地信赖着他!

"**笨蛋孙子！** 你还愣在那里干什么？没看到那位船长已经穿上太空衣了吗？你们需要携带安全带（1），进入太空里（2）去加固万能钩爪（3）！"爷爷的声音一下子将我从思绪中拉了回来。

"**他很出色！非常出色！相当出色！**"爷爷夸赞道。

很遗憾他并不是我们时空里的船长！不然，对我来说真是一件很高兴的事情！

③

我回答说:"嗯,爷爷,我也……"

菲打断了我的话:**"我们现在没有时间聊天了!** 必须赶紧出发!杰尼二号坚持不了太久的时间!"

宇宙鼠们带着我们走进了**"最强银河号"** 里那如同迷宫一般的过道。

我们得赶快行动了!万能钩爪随时可能断裂,而一旦失去了这个机会的话,我们就再也不能回去了!

再见了，朋友们！

我们先向 **右转**，然后 **左转**，然后再 **右转**……最后，终于来到了我们那艘探索小艇停泊的地方。

菲马上坐进了驾驶舱，我们立刻坐上探索小艇，必须马上出发了。

轰隆隆隆隆隆隆！！

千钧一发

我们的目标是**黑洞**！我的太阳系行星呀，真是太可怕了！

就在进入到那个**宇宙旋涡**的前一刻，我看见一个身穿着太空衣的宇宙鼠身姿优雅地对我们挥了挥爪子：杰尼二号完成了他的工作，此时正准备回到"最强银河号"上！

所有的太空鼠异口同声地喊道："**再见，船长先生……谢谢你！**"

接着，我们随着宇宙尘埃一起被吸进了（又一次）黑洞深处。

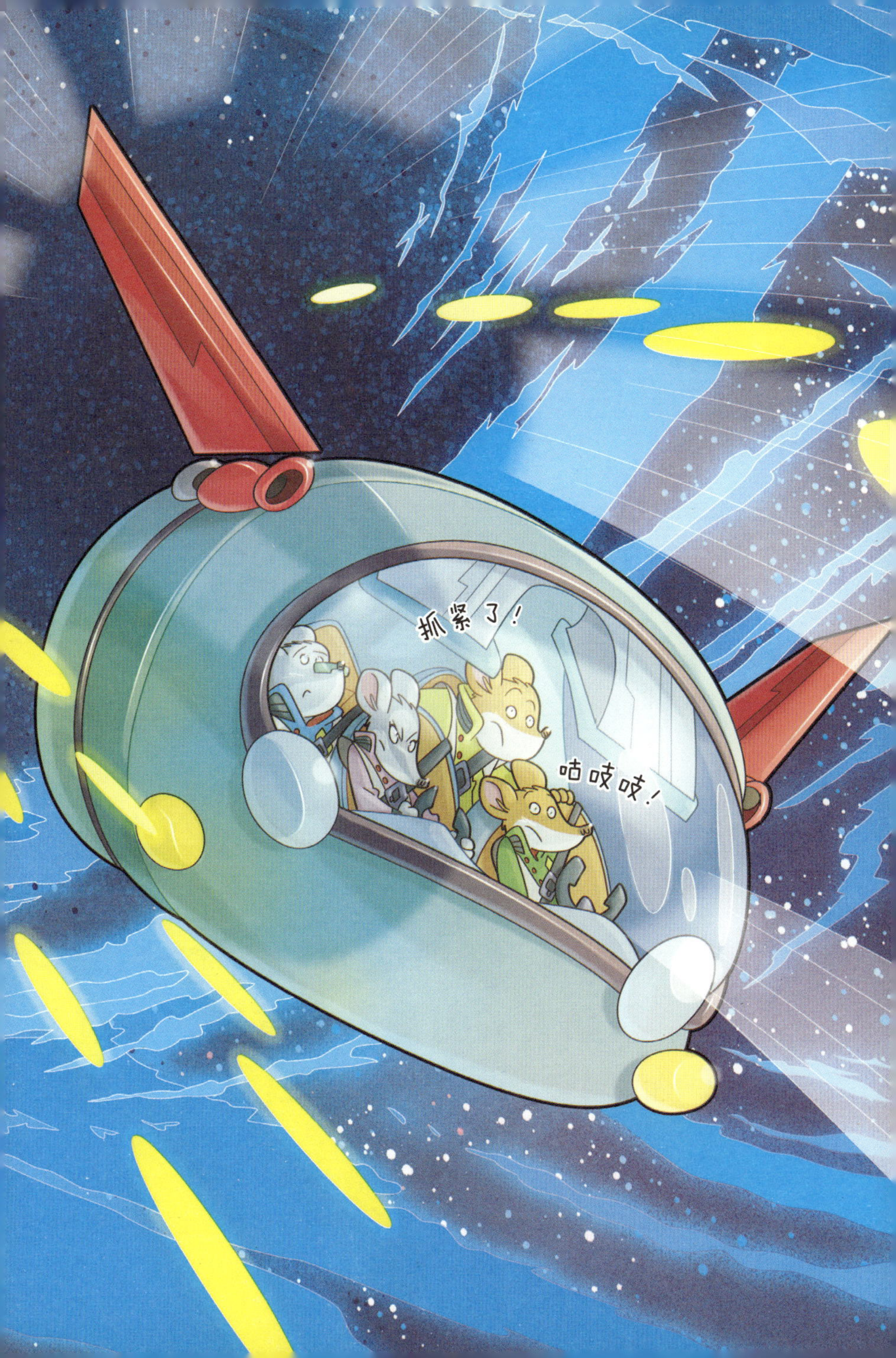
抓紧了！
吱吱吱！

小杰尼？

我们如同一块**星际奶酪**一样晃晃悠悠地飞出了黑洞，大家心里都很高兴！我的宇宙小行星呀，我们成功了！

我拥抱了我的家鼠和好友。要不是他们的话，我根本就不可能完成这个**任务**。

接着，爷爷问我说："小孙子，你告诉我，从这次冒险中你有学到些什么吗？"

我回答说："**我领悟到了整个宇宙中最强大的力量就是友谊，通过互相合作，我们可以战胜任何困难！**"

小杰尼？

他拍了拍我的肩膀，大声说道："**很好，小孙子！** 现在仔细想想，你好像也不是一个太没用的懒惰鬼！"

爷爷这是在夸奖我吗？

我的星际奶酪呀，真是太让鼠感动了！

在我们回到了"银河之最号"上后，我的小侄子本杰明、工程师茉莉以及科学家费鲁都过来**迎接**我们了。

所有鼠都很**好奇**这次任务的执行经过。

本杰明紧紧地抱住我说："叔叔，你是全宇宙最棒的**船长**！"

然后，本杰明的好朋友潘朵拉也跑过来抱住了我，

你是全宇宙最棒的船长！

小杰尼？

说道：

"斯蒂顿船长万岁！"

费鲁教授收到了雷提格35号探测卫星提供的数据之后兴奋得连身上的树叶都开始颤抖起来。

为了**庆祝**任务顺利完成，我们决定在宇宙亚米餐厅举办庆祝派对。**咔嗞**大厨让我们品尝了他所有拿手的外星菜肴，包括（难吃的）克罗兹星的**尖叫海藻**蛋糕……

呕！！

小杰尼?

这时，坦克鼠爷爷突然对我说道："亲爱的小杰尼，为什么你不坐到爷爷身边来呢？"

听到这句话之后，我的脸色先是变得如同**星际奶酪**一样惨白……

然后，又变得像是**侏罗星上的宇宙恐龙**一样绿……

最后，变成了像是**金星蘑菇**一样的紫色！

"**啊，不是吧！**"我喊道，"我们好像又掉进黑洞里了！"

所有鼠都哈哈大笑起来。小赖说："放心吧，表哥，这只是一个**玩笑**罢了！"

我的太空星系呀，真是吓死我了！

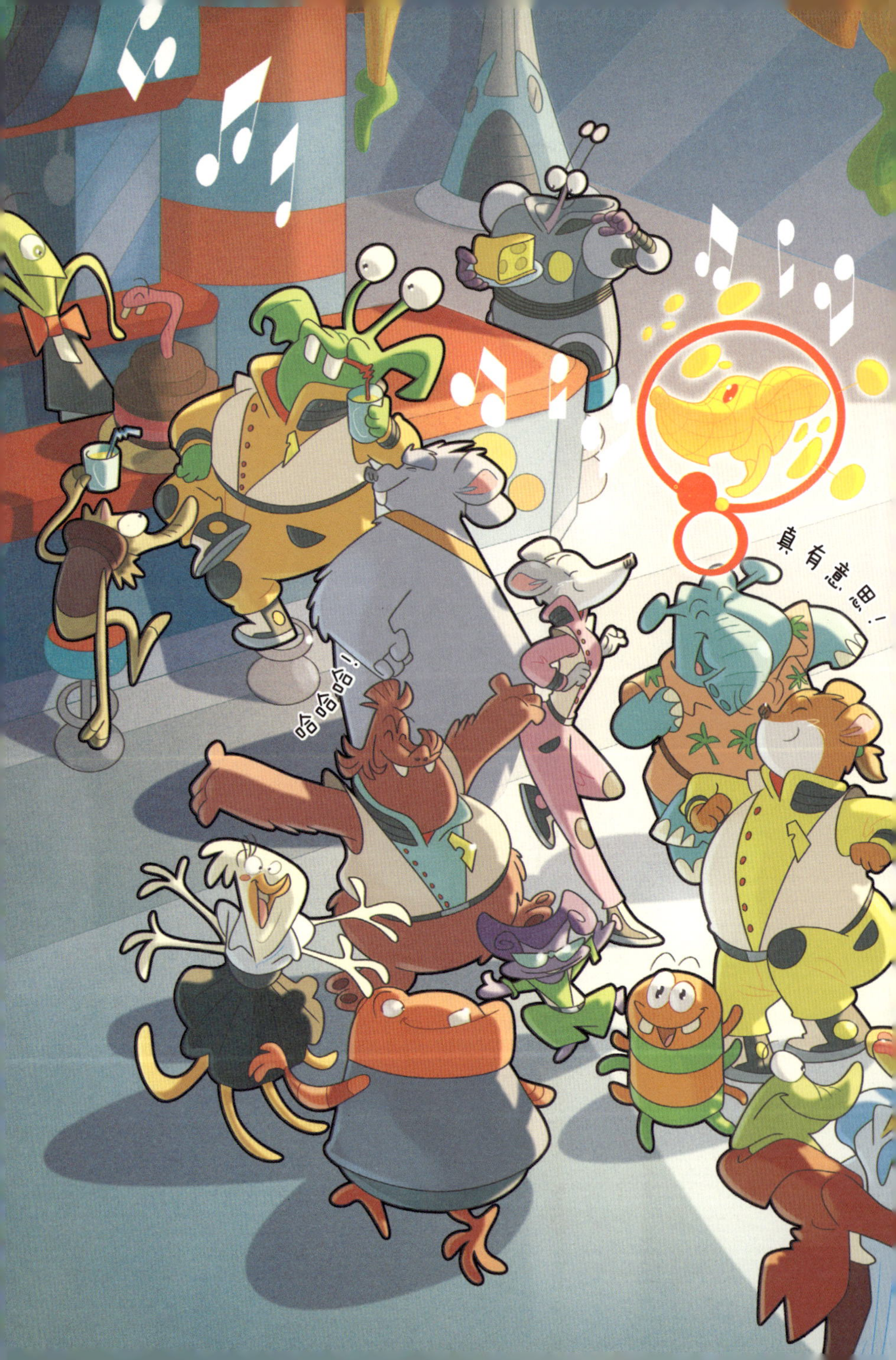
哈哈哈！
真有意思！

哦，不是吧！

小杰尼！

宇宙探险笔记

外星探险档案 III

部分外星探险的信息需要你来补充哦!

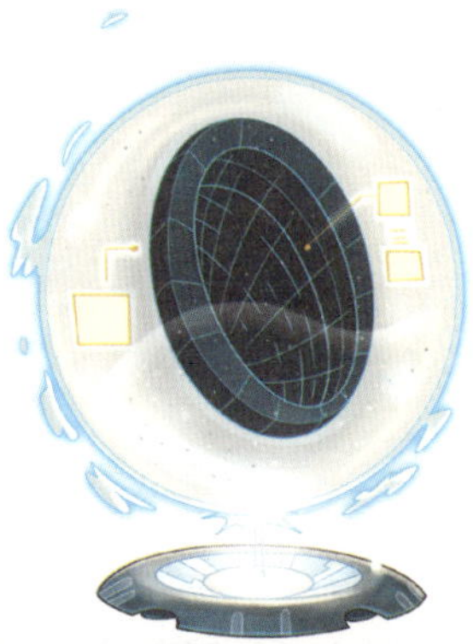

黑洞

环境:

原 住 民:
探险目的:
危险程度: ☆ ☆ ☆ ☆ ☆
探险日志:

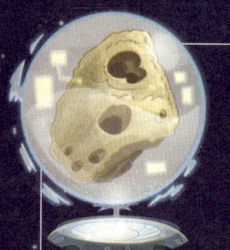

西格玛447号行星

环境: 一片荒芜,没有生命体存在

原 住 民: 无
探险目的: 寻找雷提格35号探测卫星
危险程度: ★★★☆☆
探险日志: 详见《穿越黑洞之旅》

清澈星

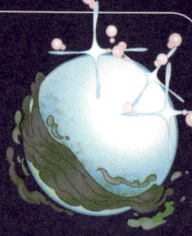

环境: 一半光鲜亮丽,一半被雾霾笼罩

原 住 民: 清澈星人
探险目的: 清洁太空环境
危险程度: ★★★☆☆
探险日志: 详见《非常太空任务》

欢迎在下面空白处加上你的新发现!

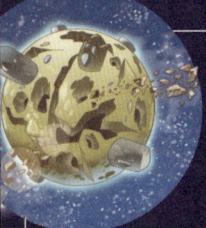

荒谷星

环境： 布满鸿沟与峡谷

原 住 民： 无
探险目的： 参加银河飞船锦标赛
危险程度： ★★☆☆☆
探险日志： 详见《银河飞船锦标赛》

碎石星

环境： 无数小行星和废弃卫星环绕着它

原 住 民： 未知
探险目的： 参加银河飞船锦标赛
危险程度： ★★★☆☆
探险日志： 详见《银河飞船锦标赛》

环境：

原 住 民：
探险目的：
危险程度： ☆☆☆☆☆
探险日志：

环境：

原 住 民：
探险目的：
危险程度： ☆☆☆☆☆
探险日志：

太空鼠船员专属百科

1 费鲁教授研制出了最新型号的太空探测卫星——雷提格35号探测卫星。人类为探索宇宙也发射了很多探测器，那你知道到目前为止飞出太阳系的探测器有哪些吗？

从1957年**第一颗**人造卫星上天，到现在全世界已经发射了100多个空间探测器。它们在宇宙探索中取得丰硕成果，帮助人们认识宇宙。人类发射的**探测器**有很多，但是能飞出太阳系的探测器却较少。飞出太阳系的探测器航行速度需要达到第三宇宙速度，也就是16.7千米/秒，才能摆脱太阳的引力。现在，飞出太阳系的探测器有"旅行者1号""旅行者2号""**先驱者10号**"等。旅行者系列携带了被称为"地球之音"的唱片，里面记录了地球上各种典型的声音和图片。人们期望，有朝一日它们会被宇宙中的**外星生命**截获。

2 杰尼他们为了寻找雷提格 35 号探测卫星，误入了黑洞。啊！在太空鼠的眼里，身在黑洞就像是掉进了一个深不见底的陨石坑中。在宇宙中，黑洞真的是漆黑一片吗？

这是人类历史上首张**黑洞**的照片，是科学家们经过 10 多年的精心准备，利用事件视界望远镜，在集合了所有的观测数据，并进行分析后得到的黑洞"正面照"。这个黑洞位于室女座中一个巨椭圆星系 M87 的中心，距离地球 5500 万光年，其质量是地球的 **65 亿倍**。我们可以看到它的核心区域有一片阴影，周围环绕着一个新月状的光环。黑洞的引力很大，连光都无法从其事件视界里逃脱。但其实黑洞并不"黑"，只是无法直接观测而已，人们可以借助间接的方式去感知它的存在，并观测到它对其他事物的影响。

一起来发现书中的一些小秘密吧!

新船员,现在轮到你上场了!

1 费鲁教授发射了雷提格 35 号探测卫星用于探测毗鼠星。卫星的航行速度是 15 千米/秒,它在航行了 30000 千米后为了躲避陨石耽误了 10 分钟。接着它航行 600000 千米到达毗鼠星时,遭遇黑洞,最后降落在西格玛 447 号行星上。假设探测卫星的航行速度始终没有改变,亲爱的新船员,你知道探测卫星到达毗鼠星的位置时一共花了多长时间吗?

2 杰尼在"最强银河号"上遇到了一个和他长得一模一样的鼠。在太空鼠的世界里存在不同的宇宙,也可能出现杰尼二号、杰尼三号……你能分辨出下面哪一个是"银河之最号"上的杰尼吗?

① ② ③ ④

3

茉莉二号修好了太空鼠的探索小艇,却擅自修改了它的启动密码。菲要驾驶探索小艇驶入黑洞,却不知道新密码。茉莉二号在驾驶舱中留下了关于新密码的线索。情况紧急,请你根据线索帮助菲找出新密码吧!

> 立方体的每一面都写下了数字1、2、3、4、5、6,1、2、5对立面的数字就是启动探索小艇的密码。密码只能输入一次,请注意数字的顺序哟!

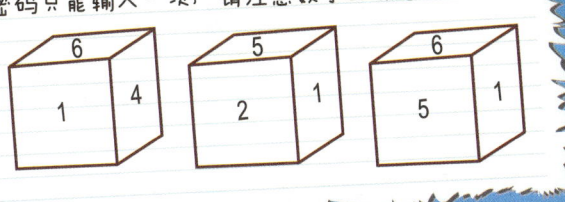

4

太空鼠被吸入黑洞时,遭受到太空垃圾袭击,这些垃圾是被清澈星人抛弃的机械人!为了防止其他宇宙飞船遭遇危险,新船员,请你快速找到这些被抛弃的机械人吧!

所有答案都在本页,请你仔细找找哟。

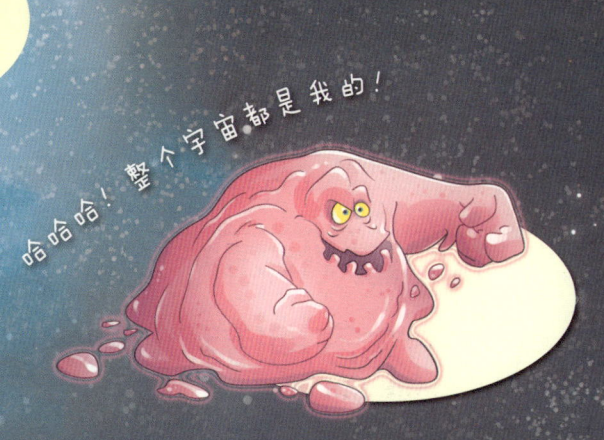

报告船长！我是菲……

你被耍了，表哥！

哇啊！！！

哈哈哈！整个宇宙都是我的！

亲爱的新船员，
你们喜欢读星际太空鼠的冒险故事吗？
请大家期待我的下一本新书吧！